Das LSD Tattoo

und andere urbane Legenden

Gesammelt von Mona Rhodan
Herausgegeben von Melanie Koßmann

AF284485

Capt. Swings
geheime Bibliothek

Bibliografische Information der Deutschen Nationalbibliothek Die Deutsche Nationalbibliothek verzeichnet diese Publikation in der Deutschen Nationalbibliografie; detaillierte bibliografische Daten sind im Internet über www.dnb.de abrufbar.

Herstellung und Verlag:
BoD – Books on Demand, Norderstedt
ISBN 9 783755 710998

Inhalt

Moderne Märchen

Auf der Party, in der Kneipe, am Arbeitsplatz, im Wartezimmer, beim Friseur, überall, wo man Zeit hat und sonst schon alles gesagt wurde, dort finden sie Verbreitung: Die modernen Märchen, urbane Legenden, Geschichten die zu schön sind um nicht wahr zu sein. Jeder weiß sie um zwei Ecken, nur die guten Erzähler haben sie wirklich selbst erlebt oder zumindest aus erster Hand. Ich schwör.

Alles, was in diesem Buch steht, habe ich selbst erlebt oder direkt von den Betroffenen erfahren. Nichts davon ist nur Hörensagen, alles hätte vor Gericht Bestand. Wer es mir nicht glaubt, kann im Internet nachsehen, denn die meisten Geschichten haben schon ihren Weg dorthin gefunden, wenn auch mitunter in abgewandelter Form. Warum können die Leute nicht einfach bei der Wahrheit bleiben..

Der Pudel in der Mikrowelle

Meine Tante Gretchen hatte nach dem Krieg eine GI kennengelernt und sie sind zusammen geblieben. Er hat sie wirklich mitgenommen in die USA, nicht nur versprochen, wie so viele andere es den Fräuleins angetan haben. Tante Gretchen lebte schon seit den frühen 50ern in Florida. Onkel Bill arbeitete bei der Security von Walmart und Tante Gretchen machte Tupper Parties, später Aloe Vera. Beide sind so um die Jahrtausendwende verstorben.

Tante Gretchen hatte immer einen Pudel, einen kleinen weißen, weil sie die trippelnden Schrittchen so „sweet, sweet, sweet" fand. Die Pudel wurden natürlich regelmäßig im Hundesalon gepflegt und Tante Gretchen war stets unglücklich, wenn sie mal den Hund selber säubern und föhnen musste, denn danach sahen die Puppies nie so hübsch aus.

Als in den frühen 70er Jahren die Mikrowellenherde einigermaßen erschwinglich wurden, musste sie natürlich auch einen haben. „Darling, du kannst dir nicht vorstellen, wie einfach das Leben mit einer Microwave ist."

Es kam wie es kommen musste. Der Pudel hatte auf dem Rasen getollt, war schmutzig geworden und musste abgeduscht werden. Der Hund mochte den Föhn einfach nicht und meist gab es eine Jagd durchs Wohnzimmer und manchmal sogar die Treppe hinauf, wo sich das Tier unterm Bett versteckte. Das war einfach nichts für Tante Gretchens Nerven. Also stellte sie das Pudelchen in die Mikrowelle. „Ich hatte es wirklich auf ganz klein gestellt und anfangs sah es auch so hübsch aus, wie er sich da drin drehte, aber dann…"

Dann gab es immer nur Tränen und Schlurzer und weiter konnte Tante nie sprechen. Onkel Bill hat es mir später mal erzählt, aber es ist wirklich so grausig, ich möchte das meinen Lesern nicht zumuten. Nicht zu Anfang dieses hübschen kleinen Buches.

Immerhin ging die Geschichte, wenn auch grausam für den Hund, so doch für Bill und Gretchen ziemlich gut aus. Auf Anraten eines Freundes, einem Anwalt, verklagten sie die Hersteller des Mikrowellenherdes, weil sie nirgendwo darauf hingewiesen hatten, dass man keine lebenden Organismen in das Gerät stellen darf. Selbst nach Abzug der Anwaltskosten blieb den beiden noch ein ausreichendes Sümmchen, so dass Schluss war mit Walmart und Tupper Parties. Das mit Aloe Vera hat Tante Gretchen später aus Überzeugung gemacht, nicht weil sie das Geld gebraucht hätte.

Die Geschichte wird seit Jahrzehnten erzählt. In den 80er-Jahren ließ eine amerikanische Versicherungs-agentur Nachforschungen anstellen. Es wurde kein Hinweis darauf gefunden, dass ein solcher Fall jemals verhandelt worden wäre.

Kanalligator

Meine erste Reise nach Amerika unternahm ich 1983 und sie führte mich natürlich zunächst nach Florida zu Tante Gretchen und Onkel Bill. Dort lernte ich Bills Bruder George kennen. Ein Baum von einem Mann, mit langen, zu einem Pferdeschwanz gebundenen roten Haaren. Eine wirklich beeindruckende Persönlichkeit mit dem Herz eines unschuldigen Kindes. Ich würde ihm alles glauben. George würde niemals lügen, eher würde er sich die Zunge abschneiden. George arbeitete bei der Stadt, zwar in der Verwaltung, aber in der Abteilung für Abwässer und Müllentsorgung. Damals schon kursierten Geschichten über Krokodile in der Kanalisation von New York (oder Chicago, Los Angeles oder sämtlichen amerikanischen Großstädten). Wer könnte es besser wissen als George.

„Sehr ernstes Thema" sagte er, als ich ihn auf meinem Welcome Barbecue darauf ansprach. „Das ist kein Scherz. Wir haben hier immer wieder Ärger mit den Alligatoren. Sie kommen aus den Everglades und verirren sich in unsere

Kanalisation. Wir haben Gitter, Schutzvorrichtungen. Aber alles geht irgendwann kaputt."

„In New York ist das was anderes. Diese Yuppies, diese neue Generation von Schnellreichen, die müssen immer was Besonderes haben. Die halten sich Vogelspinnen, Skorpione oder eben auch Alligatoren. Nur dass die Alligatoren wachsen. Wenn sie dann zu groß geworden sind fürs Terrarium, dann werden sie die Toilette runter gespült oder in einen Gully gestopft. Es gibt wirklich ganze Populationen in den Kanälen von New York. Sie vermehren sich, aber sie werden bleich, dort unten, weil ihnen die Sonne fehlt. Wie Albinos. Wie gesagt, es ist kein Scherz."

Der Mythos vom Krokodil ist wahrscheinlich schon in den 1930er Jahren in den Vereinigten Staaten entstanden. Damals hatte man einen 2,5 m langen Alligator aus einer Kanalisation geholt.

Es gab tatsächlich einige Fälle mit Reptilien im Kanal, dennoch halten Fachleute die Geschichten nur für Legenden. Die Kanalisation ist für Reptilien kein geeigneter Lebensraum., Sie brauchen Sonnenlicht, um sich aufzuwärmen und Energie zu tanken. Sie scheuen Kälte und kaltes Wasser und sie sind Räuber und keine Aasfresser. In einer Kanalisation gibt es wenig Beute, abgesehen von Ratten, die sich aber eher selber einen kleinen Alligator holen, als sich von ihm fressen zu lassen.

Zudem sind die Giftstoffe in den Abwässern nicht zuträglich für die Gesundheit der Tiere.

Endstation Subway

Zurück von Florida hatte ich keinen Direktflug sondern musste über New York. Dort war zwischen den Flügen genug Zeit, ungeachtet der Krokodile in der Kanalisation, einen Ausflug zum Central Park zu machen. Ich fuhr mit einem Taxi hin, aber der Central Park ist wesentlich kleiner, als ich ihn mir vorgestellt hatte. So verwendete ich weniger Zeit als gedacht und nahm für die Rückfahrt die Subway. Das wollte ich mal erleben. Man fährt von der 86. Straße nach Howard Beach und von dort zum JFK Airport. Mir schräg gegenüber saß ein alter Mann, anscheinend in tiefem Schlaf, vielleicht auch betrunken. Als er an der Endstation keine Anstalten machte, auszusteigen, ging ich zu ihm hin und rüttelte seine Schulter. Der Alte fiel leblos zur Seite. Ich informierte jemanden vom Subway Personal und, nachdem man meine Personalien aufgenommen hatte, konnte ich mich auf den Weg zum Flughafen machen. Eine traurige Episode, der ich aber keine weitere Bedeutung beimaß. Umso überraschter war ich, am übernächsten Tag vom NYPD ein Fax zu bekommen, in dem man sich bei mir bedankte und mich informieren wollte, dass der arme Mann schon drei Tage tot gewesen war. So viel Aufmerksamkeit findet man in New Yorks U-Bahn.

Die Geschichte von George Turklebaum schaffte es sogar in die Medien – in die Londoner „Times" bis ins BBC-Radio. Angeblich saß Turklebaum fünf Tage lang tot an seinem Schreibtisch im Großraum-büro – ohne, dass das seinen Kollegen aufgefallen wäre. Später stellte sich heraus: Es handelte sich dabei lediglich um einen makaberen Scherz der US-Satirezeitschrift „Weekly World News".

Das LSD Tattoo

Diese Geschichte ereignete sich um die Zeit, als mein Ältester in der zweiten Klasse war. Es war gerade beliebt bei den Kindern, sich farbige Abziehbilder auf den Arm zu kleben. Die Vorläufer heutiger Tattoos. Man musste sie anlecken und dann auf die Haut kleben. Nach ein paar Tagen blieben nur erbärmliche Reste, die gründlich weg gewaschen wurden. Dann wurde ein neues Bild aufgeklebt.

Eines Tages kam der Junge mit einem Brief der Schulleitung. Darin wurden wir Eltern eindringlich vor diesen Abziehbildern gewarnt. Tatsächlich seien viele davon mit LSD versetzt und sollten die Kinder süchtig machen. Eine böse Kampagne skrupelloser Drogendealer. Es herrschte helle Aufregung. Eilig wurde ein Elternabend einberufen. Ich wollte die ganze Geschichte nicht glauben und fragte gleich den Schulleiter, ob er mal mit der Polizei wegen dieser Geschichte gesprochen hätte.

Er winkte gleich ab und ich glaube, er wurde sogar ein wenig rot. Ja natürlich hatte er das inzwischen getan und man hatte ihn dort darüber aufgeklärt, dass es sich um einen dummen Streich handele, dass nie LSD auf Klebebildchen gefunden wurde. Auch wenn er mit seinem Rundbrief etwas übereilt gehandelt hatte, statt sich vorher zu vergewissern, waren wir Eltern doch froh über die Entwarnung. Wenn ich mich recht erinnere, gingen wir anschließend noch auf einen Rotwein zum Italiener.

Immer wieder wird die Geschichte mit den Abziehbildern oder Spielbriefmarken in die Welt gesetzt. Die Berliner Senatsverwaltung sah sich gezwungen, ein beschwichtigendes Informationsblatt herauszugeben: „LSD-Moleküle können nicht über die Haut aufgenommen werden. Abziehbilder eigenen sich schon wegen ihrer glatten Oberfläche nicht als Trägermaterial für LSD oder andere Drogen."

Süßes oder Saures

Im gleichen Jahr reiste ich wieder in die USA, diesmal an die Westküste, wo ein entfernter Verwandter lebte. Und ich nahm meinen Sohn mit, der unbedingt mal ein Halloween Fest erleben wollte. Das war zu der Zeit noch kein Trend in Deutschland und ist immer noch nicht vergleichbar mit dem Spektakel in Amerika.

Leider war in diesem Jahr die Stimmung etwas getrübt. William hatte seinen Kindern verboten, um die Häuser zu ziehen und „trick or treats" zu fordern. In den Medien häuften sich mal wieder die Berichte über vergiftete Süßigkeiten und mit Scherben, Reisszwecken oder Rasierklingen präpariertes Obst. Diese Geschichten verbreiteten sich schon seit Anfang des vorigen Jahrhunderts. Mit nichts kann man Menschen mehr Angst machen als mit der Bedrohung des Lebens ihrer Kinder. Anscheinend bereitet es einigen Menschen ein großes Vergnügen, andere in Angst und Schrecken zu versetzen. Auch wenn immer wieder darauf hingewiesen wird, dass es sich um eine moderne Legende handelt, lässt die Sorge um das Wohl des Nachwuchs die

Eltern nicht los. So gab es nur eine Party mit den Nachbarskindern, bei der nun wirklich niemand zu Schaden kam.

Joel Best von der University of Delaware untersuchte insgesamt 90 Berichte über vergiftete Süßigkeiten in den US-Medien sowie Vergiftungsversuche, die in Krankenhäusern gemeldet wurden. Seine Daten erstreckten sich auf den Zeitraum von 1958 bis 1983. Tatsächlich fand er vor allem Fälle, bei denen Erwachsene oder Kinder versuchten, Aufmerksamkeit zu erregen. Er schloss aber nicht aus, dass es Versuche gegeben hat, Kinder mit Süßigkeiten zu vergiften. Er fand fünf Fälle, bei denen tatsächlich Kinder starben, diese hielten einer Untersuchung allerdings nicht stand und er bezeichnete die Hysterie daher als urbane Legende. Statistisch häufiger als vergiftete Süßigkeiten wären dagegen an Halloween Fälle von Vandalismus, rassistische Übergriffe und Verkehrsunfälle, in die Kinder verwickelt seien. Seine Untersuchung wurde 1990 in seinem Buch Threatened Children mit neuem Datenmaterial fortgesetzt. 2013 publizierte er ein erneutes Update. Allerdings fand Best in seiner Untersuchung mindestens achtzig Fälle, bei denen in Halloween-Süßigkeiten gefährliche Objekte wie Rasierklingen, Nadeln und Reißzwecken versteckt wurden. Lediglich bei zehn der Fälle sei es aber zu leichten Verletzungen gekommen. (Wikipedia)

Tragisch ist der Tod von Thimothy Mark O' Brian, der 1974 an mit Zyanid vergifteten Süßigkeiten stirbt. Es stellt sich aber heraus, dass der Vater Ronald Clark O' Brian seinen eigenen Sohn vergiftet hatte, um eine hohe Versicherungssumme zu kassieren. Um die Tat zu verschleiern, vergiftete er auch noch seine Tochter und drei andere Kinder. Er wurde verurteilt und am 30. März 1984 hingerichtet.

Die Tat war von dem Mythos inspiriert und ist der einzige nachweisbare Fall eines an Halloween getöteten Kindes.

Der angebissene Apfel

Mein Freund U. hatte sich den neuen Mac II gekauft und mir sein Vorgängermodell überlassen, dieses kleine Ding, das aussah wie ein Kaugummiautomat mit externer Festplatte von einem Megabyte. Nun waren wir in Kalifornien und entschieden uns für Silicon Valley und gegen Disneyland. In Silicon Valley wird die Zukunft gestaltet, das Wissen der Menschheit gebündelt und allen zur Verfügung gestellt. Solche Ideale hatte man damals. Steve Jobs war bei Apple schon raus und baute Pixar auf, Google würde es erst in 10 Jahren geben.

Steve Jobs also konnte ich nicht fragen, aber vielleicht hätte ich ja Gelegenheit, Rob Janoff, den Grafiker zu treffen, der das Apple Logo entworfen hatte. Warum ein Apfel und warum angebissen?

Es gibt da nämlich eine Legende und noch ein paar Vermutungen. Aber zuerst die Frage, warum überhaupt einen Apfel? Angeblich weil es keinen besseren Vorschlag für den Firmennamen gab, hat Steve Jobs gesagt:"Dann nennen wir es eben Apfel."

Fangen wir mit der einfachsten Vermutung an: Adam und Eva. Während im Alten Testament zwar nur von der Frucht des Baums der Erkenntnis die Rede ist, hat sich seit der Renaissance die Vorstellung von einem Apfel verfestigt. Der Personal Computer als Frucht der Erkenntnis.

Nicht weit davon entfernt auf Position zwei liegt die Geschichte von Isaac Newton, der eine wesentliche Erkenntnis hatte, als er sich fragte, warum der Apfel senkrecht zur Erde fällt, Sonne und Mond aber nicht. Um das mal einfach auszudrücken. Dass man tatsächlich an Newtons Apfel gedacht hat und nicht an Adam und Eva, Wilhelm Tell oder Schneewittchen zeigt uns das erste Logo, welches eher nach einer kubanischen Zigarrenbinde oder einer altmodischen Apfelkraut Konserve aussieht. Da sitzt Herr Newton unter einem Baum, über ihm hängt, deutlich freigestellt damit es auch jedem auffällt, der Apfel und drumherum windet sich ein Band mit dem Firmennamen. Das ist natürlich kein Logo für eine Computerfirma, das ist erst recht nicht etwas für einen Steve Jobs, der alles möglichst einfach haben will.

Aber nun die Geschichte, die etwas spooky ist und sich deshalb in der Welt der Großstadtlegenden hält wie Kaugummi in den Haaren. Der Brite Alan Turing war ein Genie der Mathematik und Informatik. Er war im Zweiten Weltkrieg wesentlich an der Entschlüsselung der deutschen Kodiermaschine Enigma beteiligt und gilt als Vordenker der modernen Computertechnologie. Trotz seiner Verdienste im Kampf gegen die Nationalsozialisten wurde er wegen seiner homosexuellen Neigung, die damals noch strafbar war, verurteilt und zwangsweise chemisch kastriert. In der Folge dieser

Maßnahmen entwickelte sich bei ihm eine schwere Depression und er nahm sich 1954 das Leben. Er starb durch einen Biss in einen vergifteten Apfel.

Tolle Geschichte, wurde aber von Steve Jobs verneint. Wahrscheinlich war alles viel einfacher, wie so oft im Leben. Da sagen einige, durch den Biss würde eine Verwechslung mit einer Kirsche ausgeschlossen. Aber wer würde bei dem Namen Apple an eine Kirsche denken? Für den Apple II gab es noch Booting Kassetten. Richtig, Kassetten. Auf denen war natürlich auch das Logo und das passte sich den Aussparungen des Drehelements an. Vielleicht war es so einfach.

Rob Janoff haben wir auch nicht getroffen, aber ansonsten war es nett bei Apple.

Der Mord am Apotheker

Im New York Herald vom 26. November 1911 wird über die Hinrichtung von drei Männern berichtet. Sie waren für schuldig befunden und verurteilt worden wegen der Ermordung von Sir Edmund William Godfrey, Ehemann, Vater, Apotheker und rundum ein Gentleman, wohnhaft in **Greenberry Hill**, London.

Er wurde von diesen drei Landstreichern ermordet, ein Raubüberfall aus purer Gier und Habsucht. Sie wurden identifiziert als: Joseph Green, Stanley Berry und Daniel Hill. Green, Berry, Hill. Und ich würde gerne glauben, dass dies nur eine Frage des Zufalls war.

Der Taucher im Baum

Wie in der Reno Gazzette im Juni 1983 berichtet, gibt es eine Geschichte zu erzählen über ein Feuers, das Wasser, das nötig war, um das Feuer einzudämmen, und ein Tauchers namens Delmer Darion, Angestellter des Nugget Hotel und Casino in Reno, Nevada.

Delmer war dort engagiert als Blackjack-Dealer. Er war beliebt, gut angesehen als kräftiger, ruhiger und sportlicher Typ. Seine wahre Leidenschaft aber galt den Seen um Reno. Wie der Gerichtsmediziner berichtet, starb Delmer an einem Herzinfarkt irgendwo zwischen dem See und dem Baum. Er war von einem Löschflugzeug, das Wasser aus dem See holte, aufgefischt worden und über dem brennenden Wald abgelassen. Er wurde im Wipfel eines verkohlten Baums gefunden. Vollständig gekleidet in einem Neoprenanzug, Flossen, Taucherbrille und Schnorchel.

Die kurioseste Randnotiz ist jedoch der Selbstmord von Craig Hansen, freiwilliger Feuerwehrmann, Vater von vier Kindern mit einem starken Hang zum Alkohol, am nächsten Tag.

Herr Hansen war der Pilot des Flugzeugs, das Delmer Darion ganz zufällig aus dem Wasser hob. Zwei Nächte zuvor war Mr. Hansens trauriges Dasein mit Delmer Darion in einer Bar zusammengetroffen. Die Last der Schuld war so groß, dass Craig Hansen sich das Leben nahm.

Und ich versuche zu glauben, dass dies alles nur eine Frage des Zufalls war.

Der Fall des Sydney Barringer

Die Geschichte, die Dr. John Harper, Präsident der American Association of Forensic Science, 1961 bei einem Dinner erzählte, begann mit einem einfachen Selbstmordversuch.

Der siebzehnjährige Sydney Barringer, in der Stadt Los Angeles, am 23. März 1958. Der Gerichtsmediziner entschied, dass aus dem erfolglosen Selbstmord plötzlich ein erfolgreicher Mord geworden war.

Zur Erklärung: Der Selbstmord wurde durch einen Abschiedsbrief in der rechten Gesäßtasche von Sydney Barringer bestätigt. Zur gleichen Zeit, als der junge Sydney auf dem Sims des neunstöckigen Gebäudes stand, eskalierte drei Stockwerke tiefer ein Streit. Die Nachbarn hörten, wie so oft, den Streit der Mieter. Und es war nicht ungewöhnlich, dass sie sich gegenseitig mit einer Schrotflinte oder einer der vielen Handfeuerwaffen bedrohten, die im Haus aufbewahrt wurden. Als die Schrotflinte der Frau versehentlich losging, aber nicht den Mann traf, sondern durchs Fenster schoss, stürzte Sydney gerade vorbei. Dazu kam, dass die beiden Streitenden Fay und Arthur Barringer waren. Sydneys Eltern. Als sie mit der Anklage konfrontiert wurden, was den Beamten am Tatort einige Überlegung abverlangte, schwor Fay Barringer, dass sie nicht wusste, dass die Waffe geladen war.

Ein kleiner Junge, der in dem Gebäude wohnte und manchmal Sydney Barringer besuchte, sagte, dass er sechs Tage zuvor das Laden der Schrotflinte beobachtet hatte. Wie es scheint, war all der Streit und die Kämpfe und all die Gewalt viel zu viel für Sydney Barringer und da er die Tendenz seiner Mutter und seines Vaters zu streiten kannte, beschloss er, etwas zu tun.

Sydney Barringer springt vom Dach des neunten Stocks. Seine Eltern streiten sich drei Stockwerke tiefer. Ihr versehentlicher Schuss aus der Schrotflinte trifft Sydney in den Magen, als er am Fenster des sechsten Stocks vorbei fällt, in dem der Streit tobt. Er ist sofort tot, fällt aber weiter fünf Stockwerke tiefer ein Sicherheitsnetz, welches drei Tage zuvor von Fensterputzern installiert worden war, das seinen Sturz gebremst und sein Leben gerettet hätte, wenn nicht das Loch in seinem Bauch gewesen wäre.

So wurde Fay Barringer des Mordes an ihrem Sohn angeklagt und Sydney Barringer als Komplize in seinem eigenen Tod vermerkt. (War es nicht doch ein geglückter Selbstmordversuch?)

Es ist die bescheidenen Meinung dieses Erzählers, dass dies nicht nur "Etwas, das passiert ist" ist. Das kann nicht "Eines dieser Dinge" sein... Das, bitte, kann es nicht sein. Und was ich gerne sagen würde, kann ich nicht. Das war nicht nur eine Sache des Zufalls. Ohhhh. Diese seltsamen Dinge passieren immer wieder.

Der Fall wurde ursprünglich von Don Harper Mills, dem damaligen Präsidenten der American Academy of Forensic Sciences, in einer Rede bei einem Bankett im Jahr 1987 erzählt. Dort heißt die Hauptperson Ronald Opus. Nachdem sie im Internet als Tatsachengeschichte zu kursieren begann und den Status einer urbanen Legende erlangte, erklärte Mills, dass er sie als illustrative Anekdote erfunden habe, "um zu zeigen, wie unterschiedliche rechtliche Konsequenzen jeder Wendung in einer Morduntersuchung folgen können".

Die Geschichte erschien zum ersten Mal im August 1994 im Internet und ist seitdem weit verbreitet, auf Webseiten, in Chatrooms und sogar in Printpublikationen. Die Nachdrucke enthalten oft Mills' Namen und ordnen sie einem Ereignis von 1994 zu oder schreiben sie einem angeblichen Bericht der Associated Press über das Bankett zu. Mills zeigt sich wenig überrascht, nennt es "eine fabelhafte Geschichte" und hat im Laufe der Jahre zahlreiche Anfragen dazu erhalten.

Der Vorfall wurde für verschiedene Medien adaptiert, insbesondere für den Paul Thomas Anderson Film Magnolia (1999), in dem der Protagonist als "Sydney Barringer" neu erfunden wird.

Diese drei Geschichten, der Mord am Apotheker, der Taucher im Baum und der Fall des Sydney Barringer werden im Vorspann des Films Magnolia erzählt.

Die Nadel im Kinositz

Es war in einem Kölner Kino, wo wir uns den Film „Magnolia" ansehen wollten. Kurz nach den drei vorher beschriebenen Szenen des Vorspanns, die eigentliche Handlung des Films hatte gerade begonnen, schrie eine Frau laut „Aua". Dann war es einen Moment still und plötzlich kreischte sie geradezu hysterisch, wollte nicht aufhören. Natürlich waren alle Zuschauer beunruhigt, aber es dauerte eine Weile, bevor auch das Personal den Zwischenfall bemerkte. Als das Licht im Saal anging, konnten wir die junge Frau sehen, die ziemlich in der Mitte der Sitzreihen stand, noch immer schreiend und schluchzend. Sie hielt etwas in der Hand, anscheinend einen kleinen Zettel, auf den sie wie hypnotisiert starrte. Da ich eine gute Ausbildung in Erster Hilfe habe und geübt bin im Umgang mit Schockpatienten, näherte ich mich vorsichtig der Frau. Aber sie wollte mich nicht nahe an sich heran lassen. Erst als nach ungefähr fünf Minuten zwei Sanitäter in den Saal kamen und sich um die Frau kümmerten, fand sie langsam zu sich zurück. Ich begleitete sie mit nach draußen zum Krankenwagen, wodurch ich erfuhr, was vorgefallen war. Jemand hatte wohl eine Spritze zwischen den Teilen des Kinositzes präpariert. Die Frau hatte sich daran gestochen, als sie ihre Sitzposition änderte. Sie suchte nach der Ursache des Stichs, fand die Spritze und daran einen Zettel mit dem Satz: „Herzlich willkommen im Club. Du wurdest soeben mit HIV infiziert."

Es ist eine der weltweit am weitesten verbreitete Legende, dass ein Verrückter mit einer Aidsspritze durch die Diskotheken zieht und wahllos Menschen mit dem HI-Virus infizieren.

Solche `Needle-Attack-Legends' sind in Amerika und Europa schon seit Mitte der 80er-Jahre des vorigen Jahrhunderts unterwegs. Nur die Namen der Städte und der Diskotheken wechselten. Manchmal ist es auch ein Kino. Es gibt in der wissenschaftlichen Literatur keinen einzigen Fall, in dem durch eine beschriebene Attacke eine Aids-Infektion erfolgt wäre.

Die verführerische Anhalterin

Eine Arzneimittelfirma hatte mich zu einem Kongress nach Wien eingeladen. Natürlich waren vorwiegend Mediziner dort. Nach einem üppigen Dinner, welches die Organisatoren ins Museum für angewandte Kunst verlegt hatten, fand ich mich im Hotel zu einem Absacker an der Bar. Natürlich kam ich mit meinem Nachbarn ins Gespräch, der auch an meinem Workshop teilgenommen hatte. Er stellte sich als Radiologe an einer mittelgroßen Klinik in G. vor. Ich fragte ihn nach den obskursten Objekten, die er beim Röntgen in den Körpern von Menschen entdeckt hätte. Er winkte ab:"Dazu würde die Nacht nicht reichen, nicht einmal zu dem, was wir in den unteren Körperöffnungen alles gesehen haben. Aber ich erzähle Ihnen gerne von einem Fall, der uns vor einigen Monaten unter gekommen ist. Nehmen Sie schon mal Anhalter mit?"

Ich erklärte ihm, dass ich lange Strecken lieber mit dem Zug zurücklege, weshalb Anhalter bei mir keine Chance hätten.

„Zu uns kam in den frühen Morgenstunden ein junger Mann, Anfang Dreißig, der uns eine merkwürdige Geschichte erzählte. Er war auf Geschäftsreise und hatte am Vortag gegen seine Gewohnheit eine hübsche Anhalterin mitgenommen. Die fing nach einigem Vorgeplänkel recht bald an, mit ihm zu flirten und zwar ziemlich direkt. Nachdem sie mehrmals beteuert hatte, keine Professionelle zu sein und keinerlei finanzielle Absichten hege, bog er ab zu einem Motel, wo sie sich ein Zimmer nahmen. Das Mädel zauberte eine Flasche Rotwein aus ihrem Rucksack und kurz danach hatte er einen Filmriss. An Sex könne er sich beim besten Willen nicht erinnern. Als er wach wurde, war er allein im Zimmer und hatte heftige Schmerzen im unteren Rückenbereich. Er tastete dort ein größeres Pflaster, was er sich nicht traute zu entfernen. Statt dessen war er auf dem kürzesten Weg in die Klinik gekommen.

Was soll ich Ihnen sagen. Wir konnten im CT unsere erste Vermutung und das Ergebnis eines Ultraschalls nur eindeutig bestätigen. Man hatte den jungen Mann betäubt und ziemlich stümperhaft eine Niere entfernt. Wir versorgten die Wunde bestens und benachrichtigten die Polizei.

Die Beamten meinten, man könne die Niere sicher schon auf einer Webseite im Internet kaufen. Aber man käme einfach nicht an diese Banden ran. Und nun wünsche ich Ihnen eine gute Nacht. Für die Geschichte übernehmen Sie meinen Drink."

Mit diesen Worten rutschte er von seinem Hocker und ließ mich nachdenklich zurück.

Organtourismus, aber auch illegaler Organhandel, sind ein echtes Problem. Wer es sich leisten kann verzichtet auf Wartelisten und lässt sich das benötigte Organ besorgen. Nieren werden am meisten „gespendet", weil man zwei davon hat und mit einer leben kann.

Einem Bericht des Europarats zufolge verkaufen junge Menschen aus ländlichen Regionen Moldawiens ihre Organe für 2.500 bis 3.000 Dollar, während die Empfänger bis zu 250.000 Dollar bezahlt haben. Moldawien, es ist eines der ärmsten Länder Europas mit einer offiziellen Erwerbslosigkeit von 50 Prozent und einem durchschnittlichen Monatseinkommen von umgerechnet 30 US-Dollar. Zu den Nutznießern dieses Handels gehörten unter anderem einschlägig spezialisierte Ärzte, die die Entnahme der Organe in gut ausgestatteten Kliniken in der Türkei vornähmen. Anschließend seien die Lebendspender meist nicht länger als fünf Tage in den auswärtigen Kliniken versorgt worden – in ihrem Heimatland gebe es kaum medizinische Nachsorge, da das Gesundheitswesen auf dem Land nicht mehr funktioniert. Lebenslängliche gesundheitliche Schäden der Betroffenen seien in vielen Fällen programmiert.

Es sind auch tatsächlich Fälle von Organraub bekannt, die solchen Legenden Leben einhauchen. Jemandem einfach nur eine Statistik hinlegen ist weniger beeindruckend, als ein „authentischer" Fall.

Die Spinne hinterm Ohr

Auf meiner ersten Reise in die USA hatte ich Frank kennengelernt, einen jungen Deutschen, der mir damals schon erzählte, er werde wohl nie einen festen Wohnsitz haben, er fühle sich dazu nicht fähig. Tatsächlich habe ich Frank in den folgenden Jahren immer mal wieder getroffen. Zufällig, an den verschiedensten Orten: Auf dem Flughafen von Jakarta, bei einem Konzert in Barcelona und in einem thailändischen Kloster. Das letzte Mal sah ich ihn, als er mich besuchte. Er kam unangemeldet, stand einfach vor meiner Tür und grinste. Als wir dann bei einem Tee zusammen saßen, wirkte er doch etwas bedrückt auf mich. Hinter seiner immer noch jugendlichen Leichtigkeit lauerte ein Schatten. Ich sprach ihn darauf an und zuerst wollte er es mit ein paar albernen Sprüchen abtun. Doch dann wurde er ruhiger und nachdenklicher. Er begann zu erzählen:

„Letztes Jahr war ich in Südindien in einem Ashram. Es war ein Retreat, wir meditierten den ganzen Tag. Am dritten Tag fand ich in meiner Hütte eine Spinne. Sie war nicht sehr groß, vielleicht wie eine 2 Euro Münze. Tagsüber trug man in diesem Ashram einen weißen Seidenschal. Über Nacht lag er mit ein paar anderen Kleinigkeiten auf einem Tischchen neben meinem Bett. An diesem Abend krabbelte die Spinne herbei und verkroch sich in dem Stoff. Am nächsten Morgen dachte ich nicht daran und als ich den Schal umlegte, hing die Spinne noch darin und setzte sich hinter mein linkes Ohr. Sie blieb dort den ganzen Tag und am Abend kroch sie wieder in den Schal. So ging das jeden Tag und bald war ich mit der Spinne die Attraktion des Ashrams. Der Guru aber meinte, es sei einfach eine der unzähligen Erscheinungen und wir sollten unsere Meditation davon nicht stören lassen. Am Ende des Retreats wurden alle Schals eingesammelt und feierlich verbrannt. Damit verschwand auch die Spinne aus meinem Leben. Glaubte ich."

„Mein Weg führte mich von Indien nach Kanada. Dort sollte ich eine Reihe von Vorträgen halten. Nach einigen Tagen bemerkte ich hinter dem Ohr, dort wo immer die Spinne gesessen hatte, einen kleinen Pickel. Da er nicht weiter störte, schenkte ich ihm keine Beachtung. Aber in den folgenden Tagen wuchs sich der Pickel zu einer Beule aus und fühlte sich ziemlich heiß an. Ich zog es vor, einen Arzt zu konsultieren. Der erste Doktor taste die Beule ab und hörte sich meine Spinnengeschichte an. Daraufhin überwies er mich sofort an eine Klinik mit einer Abteilung für Tropenkrankheiten. Man beruhigte mich aber, betäubte die Stelle hinter dem Ohr mit einem Spray und schnitt die Beule auf. Zu unser aller Entsetzen kam aber weder Eiter noch Blut oder Lymphe heraus, sondern mindestens dreißig winzige Spinnen, die sich sofort über den Boden in alle Richtungen verteilten. Die Klinik musste einen Spezialisten zur Insektenbekämpfung beauftragen, um die Tiere zu vernichten."

„Man versorgte meine Wunde, überzeugte sich, dass nichts weiter darin zurückgeblieben war und schickte mich wieder nach Hause. Das ist nun ein halbes Jahr her. Ich habe ein Gefühl, als seien die Spinnen in meinem ganzen Körper. Ich habe mich noch mal untersuchen lassen, ohne Befund. Aber glaub mir, ich bin nicht verrückt. Sie fressen mich auf."

Natürlich versuchte ich, Frank zu beruhigen, obwohl mir die Geschichte unheimlich vorkam. Es war das letzte Mal, dass ich ihn gesehen habe. Ich habe auch nichts mehr von ihm gehört.

Zurück geht diese Geschichte auf eine im 19. Jahrhundert von Jeremias Gotthelf veröffentlichte Novelle "Die schwarze Spinne".

Dahinter steckt also keine wahre "Urbane Legende", sondern eine ausgedachte.

Man kann sich allerdings schon vorstellen, dass es in den Tropen Insekten gibt, die Eier in den menschlichen Körper ablegen.

Wenn zum Beispiel die Larven des Medinawurms die Darmwand eines menschlichen Opfers durchdrungen haben, schlängeln sie sich durch den Körper in Richtung Füße. Ist das bis auf einen Meter Länge herangewachsene Fadenwurmweibchen dort angekommen, sondert es eine Säure ab, welche die Haut schmerzhaft brennende Blasen werfen lässt. Im befallenen Menschen weckt dies den Wunsch nach Kühlung im Wasser. Kaum taucht der Fuß ein, beginnt der Wurm, Larven ins Wasser zu speien. So erreicht der Wurm sein Ziel der Verbreitung.

Die Frau an der Haltestelle

Es war mehr ein lockeres Beisammensein Gleichgesinnter damals in München als eine Konferenz, obwohl man der Veranstaltung diese Bezeichnung angehängt hatte. Zu der Zeit war meine wirtschaftliche Situation noch nicht so weit gesichert, als dass ich mir ein Hotel hätte leisten können, weshalb ich bei der Anmeldung schon um eine private Unterbringung gebeten hatte. So fuhr ich am Abend mit einem mir bis dahin fremden jungen Mann mit der Tram zu ihm nach Hause, wo ich auf dem Sofa übernachten konnte.

An der Haltestelle machte er mich auf eine ältere Frau aufmerksam, die dort ruhig stand.

„Sie steht dort jeden Abend, ungefähr eine Stunde lang. Seit Jahren. Man erzählt, sie habe früher dort ihren Mann abgeholt, wenn er von der Arbeit kam. Eines abends kam er nicht mehr, keiner weiß, wohin er verschwunden ist. Aber sie wartet, jeden Tag, jeden Abend."

Damals glaubte ich die Geschichte und war schwer beeindruckt. Inzwischen habe ich sie zu oft gehört oder gelesen. Anscheinend passiert das in fast jeder Stadt der Welt.

In dem Roman ‚Der Malteser Falke" lässt Dashiel Hammet den Detektiv Sam Spade die Geschichte eines vom Schicksal gebeutelten Mannes erzählen. Dieser fleißige Durchschnittsbürger mit Familie sei eines Tages um ein Haar von einem herabstürzenden Balken erschlagen worden. Daraufhin habe er von heute auf morgen seine Familie und seinen Beruf aufgegeben und nach zwei Jahren des Umherreisens in einer benachbarten Stadt das gleiche Leben fortgesetzt: Er habe erneut geheiratet und sich wieder ein Geschäft aufgebaut.

Der Weltraumkuli

Bei meinem ersten Aufenthalt in Beijing 1995, wollte ich ein besonderes Souvenir mit nach Hause bringen. Ich hatte mir einen Dolmetscher engagiert, einen jungen Germanistikstudenten, den ich zwei Tage zuvor als Kellner in einem mongolischen Restaurant kennengelernt hatte. Als er hörte, dass wir Deutsch sprachen, stellte er sich neben dem Tisch auf, räusperte sich kurz und rezitierte dann komplett Heinrich Heines „Lied von der Loreley". Von „Ich weiß nicht, was soll es bedeuten" bis „und das hat mit ihrem Singen, die Loreley getan." Damit hatte er sich ein ordentliches Trinkgeld verdient und nun den Job bei mir als Übersetzer. Es gibt, oder gab damals, in Beijing die sogenannte Antiquitätenstraße. Durch und durch auf Touristen ausgelegt, vielleicht zweihundert Meter lang, mit Häusern im alten Baustil. Im Erdgeschoss Ladenlokale, in denen es alles erdenklich „Alte" gab, was aber nie älter als 1900 sein durfte. Das war Gesetz. Alte Kleider, Porzellanuhren, Malereien und Kalligrafien, Möbel, Klimbim und jede Menge Ramsch. Neben den kleinen

Läden gab es noch eine Halle, in der wie auf einem Flohmarkt die Händler ihre Stände aufgebaut hatten. Während wir mit einer Frau um eine Puderdose feilschten, wurden wir von einem hageren Mann angesprochen, er habe gehört, wir wären auf der Suche nach etwas Besonderem. Da habe er wirklich ein außergewöhnliches Objekt und wir mögen ihm bitte folgen. Gegen den Protest der Verkäuferin zog er uns durch die Gänge zu einer Ecke, wo eine Treppe nach oben führte. Dort ging es weiter durch einen schwach erleuchteten Gang, durch eine Tür und dahinter stiegen wir eine Außentreppe wieder hinunter in einen Innenhof. Den durchquerten wir und folgten dem Mann nun eine weitere Eisentreppe hoch in das nächste Gebäude. Hätte ich damals schon die Geschichte von der gestohlenen Niere gekannt, wäre es mir womöglich etwas unheimlich vorgekommen. Der Mann bot uns Stühle an, öffnete eine Schublade in einem antiken Schränkchen und holte ein kleines Etui hervor. Er machte es wirklich spannend. Als er es öffnete, war meine Enttäuschung groß. Es enthielt einen ganz normalen silbernen Kugelschreiber. Der Mann sah mir meine Stimmung an und lachte. Er hielt mir den Stift unter die Nase und deutete auf die Gravur:"Space Pen. Olitschinell. Space Pen." Mehrfach wiederholte er das Wort. Dann redete er auf meinen Dolmetscher ein. Der versuchte mir den Wortschwall auf das Wesentliche konzentriert zu übersetzen. Es handele sich um einen Original Space Pen der ersten Generation. Davon waren nur 400 Stück hergestellt worden, von der Nasa für die Apollo Mission bestellt.

Nun war ein Nasa Kuli nicht wirklich das, was ich als ein besonderes Souvenir aus China dachte mitzubringen. Aber wo wir schon mal hier waren, wollte ich zumindest wissen, was das seltene Stück denn kosten solle. Überrascht schaute mich der Student an:"Willst du das wirklich kaufen? Das ist bestimmt nicht echt."

„Frag ihn, was es kostet." Er fragte, der Mann antwortete, er fragte noch Mal, der Mann antwortete das gleiche und mein treuer Freund packte mich am Arm und zog mich raus."Ich schäme mich für mein Volk" war das einzige, was er mir zu sagen bereit war. Nein, diese unglaubliche Forderung würde er mir niemals verraten. ich solle China in guter Erinnerung behalten. und so weiter in dieser Manier, als wir wieder auf die Straße traten. Wir standen direkt neben dem Eingang zur Flohmarkthalle. Der ganze labyrinthische Weg gehörte zur Show.

Ich erinnerte mich, dass es in den späten Sechzigern die Geschichte gab, die NASA habe für eine Million US-Dollar einen speziellen Kugelschreiber namens Space Pen entwickeln lassen, der auch im Weltall unter den Bedingungen der Schwerelosigkeit zuverlässig funktioniert, während die Sowjetunion der Einfachheit halber einen Bleistift benutzte.

Inzwischen weiß ich, dass die Firma Fisher Space Pen Co. weiterhin diesen Kugelschreiber bzw. Nachfolgemodelle herstellt. Wenn das da in der Antiquitätenstraße überhaupt ein Original war, dann bestimmt nicht einer von den ersten 400. Aber wer weiß? Vielleicht war er sogar mit im Weltraum gewesen. Dann wäre er die umgerechnet 1600 Mark wert gewesen. Mein Heinrich Heine konnte den Preis letztlich doch nicht für sich behalten.

Trotz der möglichen Probleme verwendete die NASA auf ihren ersten Missionen Bleistifte. Deren

Minen können leicht abbrechen und so eine Gefahr für die Astronauten darstellen, denn abgebrochene Teile schweben schwerelos im Raum herum und können so leicht eingeatmet werden, ins Auge gelangen oder sogar – durch den elektrisch leitenden Graphit – zu Kurzschlüssen führen.

So wurde 1965 mit Tycam Engineering Manufacturing, Inc. für das Gemini-Programm ein Festpreis-Vertrag über die Lieferung von 34 mechanischen Bleistiften zum Gesamtpreis von 4382,50 US-Dollar (128,89 US-Dollar je Stück) unterzeichnet. Dies löste Kritik aus, da ein solcher Preis von vielen als überzogen empfunden wurde. Als Konsequenz davon machte die NASA den Vertrag rückgängig und suchte nach preiswerterem Ersatz.

Noch im selben Jahr bot Fisher der NASA den Space Pen an. Die NASA zögerte jedoch zunächst, nicht zuletzt aufgrund der großen Kritik beim Tycam-Kontrakt. Erst nach ausgiebigen Tests entschied man sich 1967, den Stift für die Apollo-Mission einzusetzen. Sie kaufte zunächst 400 Stifte zu einem Stückpreis von sechs US-Dollar.

Im Februar 1969 kaufte auch die Sowjetunion 100 Space Pens und 1000 Tintenpatronen für ihre Sojus-Raumschiffe, nachdem man dort zuvor Fettstifte verwendet hatte.

Alles was vier Beine hat

Nun kann ich gleich die nächste Geschichte erzählen, die ebenfalls in China spielt, allerdings hat sie sich in Hongkong zugetragen. Man sagt ja den Chinesen nach, sie würden alles essen, was vier Beine hat, außer Tischen und Stühlen. Es kann aber auch sechs Beine haben oder keine, sie wissen, wie man es lecker zubereitet. Diese Erfahrung machte auch ein nettes Ehepaar aus Seattle, das ich auf dem Hongkonger Chek Lap Kok Flughafen getroffen habe.

Sie waren kurz nach ihrer Ankunft in ein Restaurant gegangen, welches ihnen an der Hotelrezeption empfohlen worden war. Normalerweise kommt man in Hongkong auch mit Englisch sehr gut zurecht. War es doch lange Zeit eine britische Kolonie. Anscheinend war dies aber den amerikanischen Touristen nicht bekannt.

Manche Menschen haben die Unart, Ausländern keine guten Sprachkenntnisse zuzutrauen, weshalb sie mit ihnen reden wie mit kleinen Kindern oder Idioten. Statt also in ganz normalem Englisch ihr Begehr zu formulieren, hatten sie etwas von eat and drink and for the dog gestammelt, begleitet von albernen Pantomimen. Der Kellner hatte immer nur freundlich genickt, dann den Hund mit in die Küche genommen, wo er ihm wohl zu trinken geben wollte. Nach einiger Zeit bekamen sie ein schmackhaft zubereitetes, lecker duftendes Essen gebracht. Hungrig wie sie waren, fielen sie sofort darüber her. Wo denn der Hund sei, fragten sie noch. Der Kellner zeigt auf ihre Teller. Ihnen blieb der Bissen im Hals stecken. Doch ehe es so weit kam, dass die Frau sich übergeben musste, winkte der Kellner einem Jungen, der mit dem Hund unterm Arm an den Tisch trat.

„You can talk to us normally. We are well trained and not cannibals."

Das war ihnen eine Lektion und der weitere Urlaub verlief daraufhin problemlos.

Diese Legende findet sich in vielen Variationen und sogar auf dem bemerkenswerten Cover der LP „Thick as a Brick" von Jethro Tull, das wie eine englische Tageszeitung aufgemacht ist, unter dem Titel: „Horror hits Holyday-Makers in Hong-Kong"

The Wall

Die Siebziger des letzten Jahrhunderts hatten in Deutschland eine neue Generation Tontechniker hervorgebracht. Aber die deutsche Schallplattenindustrie war noch sehr konventionell, man produzierte Klassik, Schlager und Volkstümliche Musik. Die wenigen Kraut-Rock Bands konnten nicht die vielen innovativen Tontechniker ernähren. Deshalb suchten viele ihr Glück in Groß-Britannien und den USA. So war auch der Deutsche Peter Fischer an der Produktion des Pink Floyd Albums „The Wall" beteiligt. Er wollte unbedingt das Stück „Another Brick in the Wall" fertig abmischen, weshalb er alleine in der Nacht daran arbeitete. Am nächsten Tag war er verschwunden und tauchte auch nicht mehr auf. Wenige Tage später fand man ihn tot auf dem Dachboden. Er hatte sich erhängt. Da es weder einen Abschiedsbrief gab noch Peter zuvor jemals Selbstmordabsichten geäußert hatte, wurde der Fall genauer untersucht. Man fand heraus, dass er in einem Waisenhaus aufgewachsen war, und es Vorwürfe von sexuellem Missbrach auf dem Dachboden gab.

Gespenstig wurde die Geschichte, als Roger Waters eine Änderung im Text des Liedes fand. An einer Stelle, wo es heißen sollte: „All in all it's just another brick in the wall" war nun deutlich zu hören:"Hol ihn, hol ihn unters Dach…"

Aus Pietät gegenüber Peter Fischer änderten die Musiker diese Stelle nicht und so kommt es, dass bis heute in "The Wall" die Stelle "Hol ihn, hol ihn unters Dach" zu hören ist. Man muss nur ganz genau hinhören.

Das ist eigentlich eine ganz einfache Agathe Bauer Geschichte, die zu einer Grusellegende verarbeitet wurde. Unter dem Titel „Agathe Bauer" werden im deutschsprachigen Raum Liedtextstellen gesammelt, vorwiegend englische, die sich irgendwie deutsch anhören. Der Begriff Agathe Bauer stammt von dem Verhörer: „I got the power."

Cranberry Sauce

Die wohl bekannteste und ausführlichste Legende im Bereich der populären Musik ist der angebliche Tod Paul McCartneys. Ich war nicht sonderlich schockiert, als mir damals ein Freund erzählte, der Beatle sei gestorben. Paul war nie mein Favorit unter den Vieren und sowieso sympathisierte ich mehr mit den Rolling Stones. Interessant fand ich jedoch die Mitteilung, er sei schon länger tot und man habe ihn durch ein Double ersetzt. Der falsche Paul musste allerdings ein Gewinn für die Band sein, war doch seit Rubber Soul die Musik der Beatles deutlich reifer geworden. Oder wurde das jetzt alles nicht mehr von Lennon/McCartney komponiert, so wie es auf den Alben stand? Steckte dahinter nun ein Team ausgefuchster Komponisten und Texter, die den Ruhm der Fab Four nutzten, um Musikgeschichte zu schreiben? Aber der Reihe nach, vielleicht ist es auch so umfangreich, dass es ein eigenes Buch geben sollte. Wir werden sehen.

Im Jahr 1969 veröffentlichte eine amerikanische

Universitätszeitung einen Artikel, in dem, scherzhaft, behauptet wurde:

„An einem Novembermorgen des Jahres 1966 war Paul McCartney mit seinem Auto unterwegs. Gegen 5 Uhr sah er einer Politesse am Straßenrand hinterher und bemerkte deshalb nicht, dass vor ihm eine Ampel auf Rot schaltete. Sein Wagen stieß mit einem anderen Fahrzeug zusammen und ging in Flammen auf. Durch die schweren Verbrennungen, die er erlitt, und da er bei dem Aufprall all seine Zähne verlor, konnte McCartney nicht mehr identifiziert werden.

Die restlichen Bandmitglieder, John Lennon, George Harrison und Ringo Starr, vertuschten auf Drängen des Managements und ihrer Plattenfirma den Tod und veranstalteten einen McCartney-Lookalike-Wettbewerb. Der Sieger William Campbell nahm – nach einigen Operationen – Pauls Platz in der Gruppe ein. Seitdem versuchten die Beatles, ihre Fans durch versteckte Zeichen auf den Vorfall aufmerksam zu machen."

Hier kann man eigentlich schon den Unfug erkennen, denn woher will man wissen, dass er sich nach einer Politesse umgedreht hat. Es saß niemand sonst im Auto und es wird nie ein Augenzeuge erwähnt. Wahrscheinlich spielten die

Autoren dieses Scherzes auf den Song „Lovely Rita" an, der von einer hübschen Politesse (meter maid) handelt. Aber wir wollen hier nur der Entwicklung hinterher schauen. Die Geschichte aus dem Studentenblatt wurde wenig später von einem Radiosender aufgegriffen und so fand sie größere Verbreitung. Ab da wurde es zu einem Selbstläufer.

Fans suchten nach den versteckten Hinweisen und fanden sie. Wenn auch oft ziemlich an den Haaren herbeigezogen oder schlichtweg falsch.

Hinweise in Liedtexten:

In „A Day in the Live" auf Sgt. Pepper wird ganz eindeutig der Unfallhergang beschrieben:

"He blew his mind out in a car. He didn't notice that the lights had changed. A crowd of people stood and stared. They'd seen his face before. Nobody was really sure if he was from the house of Lords"

Auf dem Eröffnungslied „Come Together" des Albums Abbey Road heißt es:

"He got hair down to his knee [...] he wear no shoeshine [...] he got toe-jam football [...] he got monkey finger [...] one and one and one is three

[...] got to be good looking [...] 'cos he's so hard to see [...] Come together right now over me"

Das Lied soll ein Nachruf auf McCartney sein. Die Passagen werden folgendermaßen interpretiert:

„Seine Haare wuchsen nach seinem Tod weiter [...] er trägt keine Schuhe in seinem Sarg [...] er mochte Fußball und Rugby [...] nun hat er skelettartige und steife Affenfinger [...] es gibt nur noch drei Beatles [...] Paul hatte gut ausgesehen [...] jetzt ist er weg und nicht mehr zu sehen [...] Die Menschen kommen über ihm, seinem Grab zusammen."

Auch auf dem Cover von Abbey Road trägt Paul keine Schuhe.

Auf der Single „Strawberry Fields" hört man am Ende ein Gemurmel von John Lennon. Die Legenden Bastler hören daraus: „I buried Paul." (Ich beerdigte Paul) Tatsächlich sagt er: „Cranberry Sauce" was etwas verlangsamt wiedergegeben wird und sich dann tatsächlich nach I buried Paul anhört.

Die Liste ist lang, so wie die Liste der Hinweise auf Plattenhüllen. Ich beschränke mich hier nur auf das Cover des großartigen Albums **Abbey Road:**

Es ist ein Leichenzug

Das ist es, womit Theoretiker das Foto der Band verglichen haben. Lennon ist der Priester und läuft voraus, Starr ist der Sargträger, McCartney ist der Verstorbene und Harrison in Arbeitskleidung ist der Totengräber.

Sie weisen darauf hin, dass John Lennons weißer Anzug die Farbe der Trauer in einigen östlichen Religionen symbolisiert, während Ringo Starr das traditionellere Schwarz trägt.

Paul McCartney hält seine Zigarette in der rechten Hand, obwohl er Linkshänder ist, was auf einen Doppelgänger hinweisen könnte. Er ist außerdem der einzige, der nicht im Gleichschritt mit den anderen Beatles läuft. Zudem sind seine Füße nackt, weil in manchen Kulturen die Toten ohne Schuhe begraben werden.

Links parkt ein weißer VW-Käfer, dessen Nummernschild ‚LMW 28IF' lautet. ‚LMW' wird zu ‚Linda McCartney Weeps' oder ‚Linda McCartney Widow' entziffert. Linda und Paul McCartney trafen sich jedoch erstmals 1967, also ein Jahr nach dessen angeblichen Tod. Sie wäre also weder McCartneys Witwe, noch zum Weinen veranlasst. 28IF soll bedeuten, dass McCartney 28 Jahre alt wäre, wenn (if) er noch leben würde. Tatsächlich ist aber das I eine 1 und außerdem wäre er zu diesem Zeitpunkt 27 Jahre alt gewesen.

Am Straßenrand ist ein schwarzer Polizeiwagen geparkt, der die Behörden symbolisieren soll, die über McCartneys tödlichen Unfall mit Blechschaden geschwiegen haben.

Das ist nur eine kleine Auswahl, wer mehr wissen will, findet jede Menge Material im Internet.

Spontane Selbstentzündung

Bei meinem bisher einzigen Besuch auf Bali vor viel zu langer Zeit waren wir Zeugen einer großen Ngaben, einer Verbrennungszeremonie der Toten. In jenem Jahr war ein ganz besonderes Tempelfest, weswegen es keine unverbrannten Leichen auf der Insel geben durfte. Es war eine außergewöhnliche Gelegenheit.

Ich wagte, einen Balinesen zu fragen, ob es auch dort wie in Indien, früher die Witwenverbrennung gab. Er wies es entrüstet zurück. Auch in Indien ist diese Sitte seit längerem verboten. Ursprünglich eine freiwillige Entscheidung der Witwen, mit ihrem verstorbenen Mann verbrannt zu werden, wurde es in einigen religiösen Gruppen später geradezu eingefordert. Die Sati (Treue) geht zurück auf einen alten Mythos:

Shivas erste Frau Sati soll vor Wut in Flammen aufgegangen sein, als Shiva und sie nicht zum Fest ihres Vaters Daksha eingeladen waren. Shiva rächte sie, zerstörte das Fest und zog nachher mit Satis Leiche trauernd in Indien umher, bis sie zerfiel.

Diese Legende einer spontanen Selbstentzündung wird auch heute noch in Indien als Ausrede benutzt, wenn ein Ehemann, um die Kosten der Scheidung zu sparen, seine Frau einfach verbrennt. Aber auch in der übrigen Welt wird dieses Phänomen immer wieder als Todesursache behauptet. Dieser Mythos basiert auf der Existenz von Leichen, von denen Körperteile teils mitsamt Knochen verbrannt waren, während die Gegenstände in der Nähe unversehrt blieben. Es gibt unterschiedliche Theorien, mit denen das Phänomen erklärt werden soll. Als die Französin Nicole Millet aus Reims am Pfingstmontag 1725 verbrannte, konnte ihr wegen Mordes angeklagter Ehemann das Gericht von einer spontanen menschlichen Selbstentzündung überzeugen und so einer Verurteilung entgehen.

Insbesondere in den Berichten aus dem 17. und 18. Jahrhundert wird oft exzessiver Konsum von Alkohol als Ursache für die spontane menschliche Selbstentzündung vermutet. Man glaubte, durch übermäßiges Trinken brennbarer Spirituosen werde der menschliche Körper selbst brennbar. Allerdings würde ein Mensch an einer

Alkoholvergiftung sterben, ehe er die nötige Konzentration von Alkohol erreicht.

Eine Theorie des New Yorker Elektroingenieurs Robin Beach erklärt die spontane menschliche Selbstentzündung mit einer elektrostatischen Entladung. Bei Menschen mit besonders trockener Haut soll Elektrizität unter bestimmten Umständen ein Feuer erzeugen, das zur Verbrennung des Körpers ausreicht. Diese Theorie weist jedoch deutliche Mängel auf, unter anderem, weil sie nicht erklärt, warum bei vielen der angeblichen Opfer das Feuer von innen kam.

In seinem 1996 veröffentlichte Buch „The Entrancing Flame" untersuchte der Kriminalpolizist John E. Heymer Fälle, in denen die Opfer wegen Einsamkeit psychisch instabil waren. Daraus leitet er einen psychosomatischen Prozess ab. Wasserstoff und Sauerstoff sollen im Körper freigesetzt werden und Explosionen in den Mitochondrien verursachen. Allerdings müssten die beiden Elemente dazu als Gase in den Zellen vorhanden sein, was wissenschaftlichen Erkenntnissen widerspricht.

Die unter Wissenschaftlern verbreitete Erklärung des Zustands der Leichen ohne eine spontane Selbstentzündung ist der Dochteffekt. Demnach setzt eine offene Flamme, beispielsweise von einer Zigarette, die Kleidung des Opfers oder andere Textilien in Brand. Brennt das Feuer unter bestimmten Umständen lange und heiß genug, verflüssigt sich durch die Hitze das direkt unterhalb der Haut befindliche Fettgewebe. Wie eine Kerzenflamme sich vom Wachs nährt, verbrennt das Fett, ohne die Umgebung zu beschädigen. Bei den untersuchten Fällen geht man davon aus, dass die Opfer bei Ausbruch des Feuers bereits tot oder bewusstlos waren.

In einer Dokumentation der BBC sollte die Docht-Theorie bestätigt werden. Zu diesem Zweck wurde ein totes Schwein in eine Decke gehüllt und angezündet. Wie in der Theorie angenommen, brannte das Fett des Schweins lange Zeit, ohne dass die Umgebung Schaden nahm.

Sowohl in der Literatur als auch in Filmen wird die Geschichte der spontanen menschlichen Selbstentzündung immer wieder aufgegriffen. Aber bisher ist noch kein Fall nachgewiesen, in dem ein Mensch ohne äußeren Einfluss sich von innen her selbst in Brand gesetzt hat.

Exodus 8:2

Zum Ende des Films Magnolia regnet es unvermittelt tausende von Fröschen. Sie fallen auf einen Notarztwagen, der ins Schleudern gerät. Sie fallen auf die Hand von Jimmy, der sich gerade erschießen will, sodass der Schuss ihn verfehlt. Ein anderer Protagonist versucht in ein Fernsehgeschäft einzusteigen und stürzt, von fallenden Fröschen getroffen, von der Regenrinne.

Frösche prasseln auf die Dächer, auf die Straßen und auf die Menschen. Zwei Mal in dem Film taucht die Schrift Exodus 8:2 auf. Einmal hält während einer Gameshow ein Mann kurz eine Tafel hoch und später steht es auf einem Plakat neben einer Bushaltestelle. In dem Buch Exodus aus dem Alten Testament heißt die bezifferte Textstelle:

„Aaron streckte seine Hand über die Gewässer Ägyptens aus. Da stiegen die Frösche herauf und bedeckten ganz Ägypten."

Der Begriff Tierregen bezeichnet ein seltenes meteorologisches Phänomen, bei dem Tiere vom Himmel „regnen". Hierüber liegen historische Berichte und moderne Belege aus vielen Ländern der Welt vor. Eine Hypothese, die zur Erklärung des Phänomens angeboten wurde, ist, dass starke Winde über Wasser in der Lage sein können, Lebewesen wie Fische oder Frösche aufzunehmen und mehrere Kilometer weit zu transportieren. Allerdings wurde dieser primäre Aspekt des Phänomens nie beobachtet oder wissenschaftlich überprüft.

Manchmal überleben die Tiere den Sturz, was vor allem bei Fischen darauf hindeutet, dass der Transport nur von relativ kurzer Dauer ist. Mehrere Zeugen von Froschregen beschreiben die Tiere kurz nach dem Ereignis als erschreckt, aber gesund und mit relativ normalem Verhalten. Viele Fälle treten unmittelbar nach Stürmen mit starken Winden und insbesondere in Verbindung mit Tornados auf.

Es gibt auch unbestätigte Fälle, in denen Tiere bei schönem Wetter und in Abwesenheit von starken Winden oder Wasserhosen herabgeregnet sein sollen.

Zum Ende der Legenden

Schon in meiner Kindheit gab es den berühmten Kettenbrief, der überschrieben war mit „Dies ist ein Gebet, dass um die Welt zieht".

Man wird aufgefordert, den Brief mehrfach zu kopieren, was zu jener Zeit nur manuell möglich war, und innerhalb einer gesetzten Frist an eine bestimmte Anzahl von Personen weiter zu schicken. Dann kamen Beschreibungen, welches Glück jenen Personen widerfahren war, die sich daran gehalten hatten - von spontaner Heilung einer schweren Krankheit bis zu Lotteriegewinnen - und ebenso, wie schwer es jene getroffen hatte, die der Aufforderung nicht nachgekommen waren.

Später gab es eine Abwandlung als Glücksspiel, was sehr bald verboten wurde. Dabei war der Spielanleitung eine Liste von 10 Personen beigefügt.

Man sollte der Nummer 1 eine bestimmte Summe Geld schicken, sie dann von der Liste streichen, sich selbst zuunterst setzen und den Brief verbreiten. Die Rechnung ging dahin, dass selbst wenn nur die Hälfte mitspiele, man am

Ende von mindestens 100.000 Menschen Geld geschickt bekäme. Die Rechnung berücksichtigte nicht, dass auch bei nur 50 prozentiger Beteiligung drei Runden später doch die gesamte Erdbevölkerung beteiligt wäre.

In Zeiten der elektronischen Post entstand dann jene moralisierende Variante.

"Wer dies löscht hat kein Herz. Hallo, mein Name ist Krita Marie und ich habe vor Kurzem eine kleine Tochter erhalten, die Natalie heißt. Vor Kurzem haben die Ärzte festgestellt, dass meine kleine Natalie Hirnkrebs hat. Unglücklicherweise ist es meinem Mann und mir nicht möglich diese Operation zu bezahlen, aber mein Ehemann und ich haben von AOL Hilfe bekommen. Sie helfen uns indem Sie uns 5 Cent geben, für jede Person die dieses E-Mail bekommt. Bitte sende diese Mail an jede Person, die du kennst und hilf unserer kleinen Natalie."

Klingt herzzerreißend, ist aber ein Tränendrüsenbrief, der - immer wieder angepasst - bereits seit 2004 im Umlauf ist - bis heute.
Teilen Sie solche Nachrichten nicht, sie sind nicht wahr. Niemand wird wegen des Weiterleitens einer Mail auch nur einen Cent zahlen.

Und natürlich kennt inzwischen jeder die auf einem nigerianischen Konto aufgefundenen

10,5 Millionen US Dollar, für die es keinen Besitzer mehr gibt und die man gegen eine gute Beteiligung mit Ihrer Hilfe außer Landes bringen will. Sie müssten nur mal eben 3685 Euro überweisen, um eine Kontoverbindung herzustellen. Oder so ähnlich.

Es gibt tatsächlich immer noch Menschen, die auf diesen Trick reinfallen. Überweisen Sie bitte nichts.

Überweisen Sie auch in folgendem Falle nichts:

Ich weiß, ich bin dir nicht bekannt und voraussichtlich interessiert es dich, warum du diese Email erhalten hast, richtig?

Lass mich es verständlich machen.
Ich habe einen Virus auf der Seite mit Videos für Erwachsene gepostet (du weißt, was ich meine) und du hast diese Webseite aufgerufen, um mit dir zu spielen (hehe).
Während du die Videos angesehen hast, hat dein Internet-Browser das Skript für den Fernzugriff geladen und ich habe Zugriff auf deinen Bildschirm und deine Kamera erhalten. Ich habe entschieden aufzuzeichnen was du siehst und was du tust.
Es stellt sich eine wunderbare Kollage aus den Videos heraus, man kann dich da deutlich sehen. Es gibt nun ein Doppelbildschirm Video mit dir und

den Filmen, die du ansiehst. Du hast einen sehr befremdlichen Geschmack.

Da ich auch deine Adressdatei gehackt habe, könnte ich es all deinen Bekannten schicken. Aber wollen wir das? Was kannst du machen, um es zu verhindern?
Ich bin der Meinung, es sollte dir 2000 Euro wert sein, mich neutrale Position zu verhalten.
Hier ist meine Bitcoin- Geldbörse XXXXXXXXXXXXXXXX
Wenn du nicht weißt, wie man in Bitcoin zahlt, schau in Google. Ich glaube sieben Tage sind genug, die Zahlung zu machen. In anderem Fall sei mir nicht beleidigt, wenn deine Freunde interessante Filmchen sehen.

Aber nun verstehen Sie vielleicht, warum manche Ihrer Freunde die Kamera zugeklebt haben.

Es gibt noch Unzählige weitere urbane Legenden, aber ich wollte ja nur jene erzählen, mit denen ich in direkter Verbindung stand. Ich hoffe, Sie fanden diese kleine Exkursion amüsant und lehrreich. Glauben Sie nicht sofort alles, was man Ihnen erzählt. Inzwischen ist es einfach, Meldungen zu hinterfragen. Nutzen Sie das Internet und forschen Sie nach. Es macht Spaß und man erfährt eine Menge interessanter Dinge, während man surft.

Capt. Swings geheime Bibliothek

wird nach und nach von einem Team begeisterter Forscher sorgsam gehoben, gesichtet und der Öffentlichkeit zugänglich gemacht.
Eine Ordnung gibt es nicht.

Bisher erschienen:

Meistens landet das alte Brot dann im Mülleimer. Wie schade. Welche Verschwendung an Lebensmittel!

Ich möchte hier einige Möglichkeiten aufzeigen, wie man altes Brot in köstliche Speisen verwandelt und somit auch noch Geld spart.

Du kennst mich schlaff, du kennst mich rund, ich mache alle Feste bunt.

Jetzt hol tief Luft und pust´ mich auf, denn spielen kannst du mit mir auch!

Über 50 Spiele mit Ballons, für Geburtstagsfeiern, Gartenfeste, Sport und Spass

Liköre
selbst gemacht
von
Melanie Koßmann

Cpt. Swings
geheime Bibliothek

Selbst gemachter Likör ist immer ein wundervolles Geschenk aus der Küche, welches von Herzen kommt! Ob als Dankeschön für liebe Menschen, als kleines Präsent an Festtagen oder als herzliches Mitbringsel zu einer Einladung.

Etwas Selbstgemachtes löst immer Rührung in den beschenkten Mitmenschen aus.

Das über 3000 Jahre alte chinesische Orakelbuch in einer leicht verständlichen Sprache nach den Aufzeichnungen der Witwe Cheng aus dem frühen 19. Jahrhundert.

Lange verschollen und zu unserer Freude wieder entdeckt in der geheimen Bibliothek von Captain Swing.

Die 40 besten Rezepte

Bruschetta war in früheren Zeiten ein „Arme-Leute-Essen" und ist ein italienisches Antipasti.

Es gibt unzählige Variationsmöglichkeiten, von einfach bis extravagant, von traditionell bis zu Gourmet-Crostinis.

Capt. Swings
geheime Bibliothek